イカロス選書

句集

花野に

小西領南

文學の森

花野に

目次

平成二十一年 5
平成二十二年 27
平成二十三年 59
平成二十四年 85
平成二十五年 107
平成二十六年 127
あとがき 160

装丁　井筒事務所

花野に

はなのに

平成二十一年

墨磨る香部屋にひろがる始筆かな

新日記丁寧に書き始めたり

竿の干し物片寄せて去る春一番

雛壇のすべて映らぬ三面鏡

雌の鹿に背をつつかれて三鬼の忌

病棟出て桜蕊降る試歩の径

仏具店かがやく春の日が射して

並木一本抜けたる跡の菫かな

耕耘機トラックに乗り疾走す
バケツの中掘りたる貝と松毬と

斎場の桜遺族に関心なし

駅に来て摘みたる蕨捨てにけり

貝掘る人ひとりも見えず潮満ちて

僧衣にて饅頭を売る牡丹寺

青田へ降りる道も舗装し新道路

千枚田一枚紅し紫蘇畑

我が家の自慢風鈴の音色のみ
殺めし蛇燃えるごみの袋で出す

尾を揚げて富士山頂の鯉幟

教会のうしろの空の夕焼濃し

唐招提寺峰雲を育てたる

自らの湯灌のごとし汗を拭く

楊梅並木舗装路を染む実を踏まれ
この世まだ去りたくはなし青嶺仰ぐ

路地裏の紙の小さき鯉幟

等高線どほりに棚田植ゑ終はる

青蓮田音たて豪雨始まれり

祠に昼寝蹠を外に向け

西日に干す病みたる妻の洗ひ物

明け易し病み伏す妻の顔を拭く

明け易し妻の遺体とならび寝て

明け易し逝きたる妻に寝息なし

海埋立てて青芝のテニス場
千枚田短き稲架の段をなす

輪台をはみ出る黄菊展示待つ

苦心して直幹の竹蔦登る

古本屋前で喜捨受く寒行僧

どの路地を曲りても北風避けられず

新築の赤土の庭葱育つ

寒夜病棟隣の部屋の呻き声

平成二十二年

玄関に飾るものなし喪正月

声出して妻の位牌に初礼す

灯台の砂利平されて初日受く

初竈の火入真白の塩祀り

大干潟鋳三輪車現はるる
牡丹雪背に入り溶けにけり

島の鶯造船を励まして

たんぽぽに囲まれてゐる丸木椅子

位牌の妻見ゆるところに雛飾る

啓蟄や抽出しのなか乱雑に

街燈下昼の白さの雪残る

春の浜干し網踏みて咎めらる

春死なば誓子、三鬼に会へるかも

植木市の傍ら刃物並べ売る

農協が島にもありて若布売る
さくら満開疎まるる人の庭

遠桜色濃きところ神社なり

野武士の墓に菜の花のこぼれ咲く

島の斜面平らに均し藤の棚

野地蔵の赤き前掛け更衣

蓮の花散りしを己が葉に受けて
園児等の声掛け鮎を放流す

十薬の花に八重あり抜かずおく

山門に昼の灯点し梅雨深し

梅雨湿る大梵鐘を掌で叩く

独りには少し贅沢苺買ふ

低きより飛び発つ昨夜羽化の蟬

空蟬の縋るを外し塀を塗る

山の駅発止と蟬の来てとまる

雨過ぎてまた家囲む蟬しぐれ

枝に戻す落蟬摑む力無し

氷塊を倉庫へ入れる滑らせて

打つ手無し仏壇へ逃ぐ油虫

病院の広場に山車の乱舞せり

敬老日市一律の記念品

病院食秋刀魚旨きと思ひけり

癌手術バスで紅葉の山を越し

墓参の列車急行に追ひ越さる

鉢の銀杏山の黄葉に同調す
刻み易き形の生姜見当らず

農機械の入口まばらなる稲田

杖つけと医師に言はれて冬近し

公衆便所水仙の花囲む

禅寺の閉まりし障子越し拝む

無傷なる橙一つ島の渚

十二月われ独りなる誕生日

鉄置場擬態の色の寒雀

火事の方角知人の無くてすぐに寝る

遠火事に犬の落ち着かざる仕草

ポインセチアの鉢並ぶ病院に

癌病棟枯野に影を濃くしたり

わが攀ぢし雪の嶺々病棟より

数へ日に入院期間延びにけり

病窓に木々の揺るるは凩か

入院せし病室見上ぐ枯野より

歳晩の漁港火を焚くドラム缶

消防車一台赤き冬の島

石段の雪を左右に作務の僧

注連飾る神の大楠梯子掛け

平成二十三年

元旦の神域白き幣増えて
言葉交はせず初夢の亡き妻と

新年の商家の庭の赤鳥居

船溜り海苔採る舟は四角なり

大凧は強風に耐へ高揚がる

疎開せし数の足らざる雛飾る

花の下花柄布団干しゐたる

沿ひ下る川面の落花密度増す

島人に訊く大桜への島の道

花吹雪今年は横に妻居らず

霾や癌病棟を増築す

春燈と言へぬ明るさ手術室

遠ざくら他界にばかり友の増ゆ

農具小屋春光返すものありぬ

剪定の木々を小雨の癒しをり

粗朶の海苔吸ひ取る機械ありにけり

新道路暑し並木の蔭の無く

廃坑の展示人形汗のなし

ナイターのダッグアウトの扇風機

蛍籠ひかり絶えしを知らず過ぐ

亡き妻へ暑中見舞の二、三通
万緑の山に竹林彩劣る

廃校に夏鶯の啼きゐたり

冷蔵庫ほぼ空にして入院す

出航の渡船に蟬の来てとまる

壁の蜘蛛追はれて宙を飛びにけり

堰鳴らし打つ夏の潮遡り
睡蓮の隙間の水が陽を返す

銀色の突堤となる鰮干し

街燈に慣れ夜遊びの石叩

盆の寺脱がれて綺羅のハイヒール

無意味ではないか展示の大南瓜

桃の香の残る列車の席に座す
雲無くて雨の落ちくる台風裡

磨かれし寺の廊下に紅葉照る
病院の石庭冷えて整へり

旧式の赤きポストや冬漁港

夕日受け遠き雪嶺のみ紅し

聖樹点滅病院の遊歩道

数へ日の病院の風呂心急く

冬のバス病院前の下車多し

病廊のひそひそ話寒夜半

売店で傘買ひ時雨を退院す
夕しぐれ隧道内の明るくて

湯たんぽにコードの無くて安らけし

震災地凍つ墓一基立ち残る

葬儀社のそつなき司会寒きかな

平成二十四年

小さき注連飾り老人独り住む

注連飾り宮居の杜の厠にも

カレーの香混じりてゐたる花吹雪

満開のホームのさくら通過駅

火箸もて袋に集む落椿

火の線香女に分けて三鬼の忌

藤棚の下車椅子よき高さ

句集の礼に土筆煮て届けらる

蝉の穴深し今年のものならむ

傷も無く死して転がる籠の蝉

空蟬を握り砕きて吹きにけり

全力となり噴水の真白なり

突き上戸揚げて万緑溢れ込む

扉開け対向車待つ蓮田匂ふ

空家なり夏草塀の上に伸び
渡船の甲板水打つて客を待つ

池の底僅かの水の水馬

現実は独りでありぬ昼寝覚め

我に爪挙げ赤き蟹路渡る

白壁に蟬止まれずに滑り落つ

神社修復蟻地獄均されて

鉛切るごとく蜥蜴の尻尾断つ

仏壇の前にて油虫殺す
原因の解らず金魚死にゐたり

夏河に堰の光の水簾

秋の朝掃除機唸る天守閣

河川敷藷の葉農具小屋隠す

行きずりに漁夫呉れし鯔もてあます

綿虫の群に引力作用せず

枯るる野を列車湾曲して軋る

枯草に線路の切れて終着駅

僧坊に作務の雑巾並び凍つ

褞袍着てなほ切り難し足の爪

火事消して跡一面の水浸し

火事跡に小さき消火器転がれり

火事ありし家をクレーンでなほ毀す

煤逃の季語我に無し妻逝きて

除夜零時時報と時計共に鳴る

平成二十五年

神社篝火灰となり年明くる

春の浜鴉こだはる何かあり

押せば水出る梅園の古喞筒

細き流れいくつも残り大干潟

遠足の列逸れ鉄板踏み鳴らす

蒲公英の張りつく城の石垣反る

桜観に行くと位牌の妻に告げ
げんげ田の僅かに高き畝の筋

円形にベンチ造られ大桜

自転車の前へ前へと雀の子

五重の塔の礎石の残る牡丹園

牡丹園新種は雨傘立て庇ふ

登山者とバスに隣りて通院す

入院患者窓に集まり遠花火

小梅干こりこり駅弁食べ終はる

炎昼の病院葬儀屋らしき人

夏瘦せて入棺のわれ惟みる

蝮注意の立札守る道となる

滝の水岩で分かれて岩で合ふ

源流は青き苔より滲む水

台風圏商店街の静かなり

穂芒の影のかそけくなびきをり

菊花展に便乗したる盆栽展

花野にとどく死去を告ぐ拡声器

廃工場泡立草に囲まれぬ
亡き妻の残る目薬秋深し

梵鐘の真下の怖し秋天下

鳩の群啄む風倒稔り田を

地蔵座す蜜柑山への道の辻

退院を待つ人居らず家寒し

一列に山門を出る寒行僧

口笛に応へてくれて笹鳴きす

新幹線よりおでん屋の赤提灯
火事を見る見知らぬ人と話しつつ

寒さ溜まる病院の非常口

平成二十六年

涅槃図に侍れぬ猫の庫裏に座す

涅槃会の末席風のよく通る

支へ木されて梅園の古木咲く

芽吹きたる瀬戸の島々やはらかし

落椿加へて重しゴミ袋

花びらの川藻に群れて流れざる

石観音春野に立ちて売れ残る

蜂の巣が我が家のどこか必ずある

藻の向きに流れの気付く春の川

春の島郵便ポスト開けに来る

四月尽神社に絵馬のあふれたる
住職より牡丹見頃の葉書来る

卵より苺を上に買物籠

辻々に日傘の主婦の立話

駅にとどく鎮守の森の蟬時雨

夏潮の満ちたる河口流れ無し

蛸壺の暗き穴積む炎天下

夾竹桃に囲まれ盛ん発電所

昼寝覚め話し掛けたる妻の亡し
いつまでも西日の残る造船所

噴水の水引つ込みて止まりたる

噴水の一筋の水横に跳ぶ

炎天のマンホールより熔接光

片蔭を出ず遮断機の揚がるまで

半割の子は現代の目をしたる
大勢の登山者乗せてバス重し

鵜篝の種火河原に育てをり

空蟬の縋る一枝を瓶に挿す

空蟬の脚の細さも神の技

贋物の壺と解りて目高飼ふ

奥社にも小さき茅の輪作りたる

金魚みな隣へ譲り入院す

翅二段落して蜻蛉岩に休む

体温ならぬ温き骨壺秋深し

供花の菊良い水揚げと庵主言ふ

木守柿落ちてあたりの木に紛る

稔り田の闇に重さのありにけり

甲冑の口腔暗し秋の城

谷川の滾ちて紅葉映さざる
曼珠沙華の裏参道より帰る

懸崖菊咲き遅れたる蕾あり

枝先に泳ぐ形の鵙の贄

棚田守る最上段の案山子かな

祠守り守られ銀杏黄葉せり

刈田のみ映す新設道路鏡
近寄れば色失ひし曼珠沙華

掘る前の蓮田を網で囲みたる

大銀杏落葉数軒屋根蔽ふ

山道の音す街路樹落葉踏み

柊の落葉混じりて手に痛し

折れ枝の先より氷柱伸びゐたり

女生徒で一駅混みし枯野汽車

膝掛で脚も包みて画展嬢

寒林の影にわが影重ね行く

堤防の落葉何処から来て溜まる

湯豆腐を独りで食べる半端感

橋下に住む一畝の葱育て
明るく小さき天心の冬の月

綿虫に意志あり我が手躱したり

枯野楽しむ電車運転席の傍

指揮者讃へ奏者称へて年終はる

眠きに耐へ幼児も除夜を迎へたり

あとがき

『花野に』は『独楽の芯』に次ぐ第四句集です。

平成二十一年から平成二十六年迄の句から自選しました。

この六年間は、平成二十年癌の宣告を受け、検査手術を含め、再発を重ね八回も入院しました。その間、妻の介護が重なり、入院中は、妻を介護所に預け、心配し乍ら、平成二十一年九月妻の亡くなるまでの苦闘でした。長男、次男は離れた勤務地でそれぞれ多忙な為、今は独りで生活しています。妻の介護中から、炊事、洗濯、料理、俳誌「黄鳥」の編集、ワープロ、会計、発送まで独りでやっています。同人も全員住所が遠く、他人に依頼すれば、却って手間や気遣いが増え、会計の出費も増加しますので、独りの方が無駄な時間が省けるからです。

この六年間に、妻を含めて九名の同人と特に親密にして戴いていた俳句誌主宰・代表の方も十人以上が逝去されました。私も今年の十二月一日、満九十歳を迎えました。

　癌の発見も早く、親切に対応して戴いている医師にも恵まれ、俳句や生活のための多忙のお陰で、なんとか元気で今まで来られたのを感謝しています。

　句集名を色々考えました。妻との生活と死去との句が多いので、妻の名「瑞穂」にしようか、などとも思いましたが「花野に」にしました。人間に「あの世」があるとは信じませんが、日本や外国の宗教の一部に「花野」と死後の関係の書物も有ります。集中の〈花野にとどく死去を告ぐ拡声器〉は、あの世の妻をはじめ大勢の先輩、同僚に捧げる意味も含めました。

　俳句でなければ表現出来ない俳句・動かない季語の句などを目標に努力しましたが、十分達成出来なかったことが残念です。

　上梓にあたり、「文學の森」の皆様に厚く感謝し御礼を申し上げます。

平成二十六年十二月

小西領南

著者略歴

小西領南（こにし・りょうなん）本名　博孝

大正13年12月１日　愛媛県生まれ
昭和17年　旧制松山中学卒業、国立興南錬成院（拓南塾）卒業
　　　　　野村東印度殖産株式会社に入社
　　　　　ジャワ支店・経理部を経て、企業園支配人
　　　　　ジャワで現地入隊。幹部候補生
昭和20年　終戦。レンパン島に抑留される
昭和21年　復員・引揚。GHQの命令で財閥解体され退社
　　　　　関西捺染株式会社に入社
　　　　　「東虹（芝火）」（大野我羊主宰）入会
昭和23年　「天狼」（山口誓子主宰）創刊、入会
　　　　　以後西東三鬼に特に指導を受ける
昭和24年　「東虹」同人。「東虹賞」受賞。「俳句ポエム」に同人参加
　　　　　「炎昼」（谷野予志主宰）創刊、入会
昭和28年　「炎昼」同人。「炎昼賞」受賞
昭和35年　「天狼」会友
昭和48年　「東虹」「俳句ポエム」同人辞退
昭和50年　関西捺染株式会社代表取締役
平成５年　関西捺染株式会社を辞任退職
平成６年　「天狼」終刊
平成７年　「天狼」後継誌「天佰」（松井利彦主宰）同人
平成８年　「炎昼」終刊。「黄鳥」創刊、代表
　　　　　第一句集『鐵鎖』発刊
平成15年　「天佰」終刊
　　　　　第二句集『冬帽子』発刊
平成20年　第三句集『独楽の芯』発刊

他に『現代俳句選集』50句。『歳華悠悠』280句
俳人協会会員。NPO法人日本詩歌句協会理事
公益財団法人愛媛民芸館理事

現住所　〒793-0042　愛媛県西条市喜多川390-19

イカロス選書

句集 花野《はなの》に

発行　平成二十七年三月一日
著者　小西領南
発行者　大山基利
発行所　株式会社　文學の森
〒一六九-〇〇七五
東京都新宿区高田馬場二-一-二　田島ビル八階
tel 03-5292-9188　fax 03-5292-9199
e-mail mori@bungak.com
ホームページ　http://www.bungak.com
印刷・製本　小松義彦

ISBN978-4-86438-396-7　C0092